ENTRE ICI, JEAN MOULIN

Discours d'André Malraux,
ministre d'État chargé
des Affaires culturelles,
lors du transfert des cendres
de Jean Moulin au Panthéon,
19 décembre 1964

suivi de

VOUS NE SEREZ PAS MORTS EN VAIN !

Appels de Thomas Mann
sur les ondes de la BBC,
mars 1941 et juin 1943

Éditions Points

Conseiller éditorial : Yves Marc Ajchenbaum

L'éditeur remercie Valérie Kubiak,
assistée d'Anna Schurtz, pour leur collaboration.

ISBN 978-2-7578-1816-9

Sommaire

« Entre ici, Jean Moulin »

Discours d'André Malraux, ministre d'État
chargé des Affaires culturelles,
lors du transfert des cendres
de Jean Moulin au Panthéon,
19 décembre 1964

Jean Moulin, l'unificateur des mouvements de résistance contre l'occupant nazi, est mort sous la torture depuis plus de vingt ans quand André Malraux prononce son éloge au pied d'un Panthéon qui « ne fut jamais si beau qu'en ce sombre matin », écrira le lendemain François Mauriac. Ce 19 décembre 1964, il fait froid, la voix de l'orateur, chahutée par les sautes de vent, s'impose dans la bourrasque. Face à lui, les anciens de la Résistance, anonymes, émus, transis, unanimes, et le général de Gaulle enveloppé dans un grand manteau. Pour quelques heures, le président de la République semble être redevenu l'homme du 18 juin 1940, celui qui, de Londres, refusa l'armistice avec l'Allemagne signé par le maréchal Pétain.

Toutes et tous écoutent Malraux, le ministre de la Culture en exercice, l'ancien résistant, et le romancier aux envolées épiques qui fait surgir d'outre-tombe les fusillés et les torturés.

Cette journée fut un moment d'unité nationale autour de l'un des héros de la Seconde Guerre mondiale. Une pause en forme de leçon d'histoire, dans un pays en pleine transformation sociale et économique, qui tente toujours de panser les plaies et les divisions provoquées par la guerre d'Algérie.

Discours d'André Malraux

Comme le veut le protocole, le discours est adressé à Charles de Gaulle, président de la République au moment des faits.

« Monsieur le président de la République,

Voilà donc plus de vingt ans que Jean Moulin partit, par un temps de décembre sans doute semblable à celui-ci, pour être parachuté sur la terre de Provence, et devenir le chef d'un peuple de la nuit. Sans la cérémonie d'aujourd'hui, combien d'enfants de France sauraient son nom ? Il ne le retrouva lui-même que pour être tué ; et depuis, sont nés seize millions d'enfants…

Puissent les commémorations des deux guerres s'achever aujourd'hui par la résurrection du peuple d'ombres que cet homme anima, qu'il symbolise, et qu'il

fait entrer ici comme une humble garde solennelle autour de son corps de mort. Après vingt ans, la Résistance est devenue un monde de limbes où la légende se mêle à l'organisation. Le sentiment profond, organique, millénaire, qui a pris depuis son action légendaire, voici comment je l'ai rencontré. Dans un village de Corrèze, les Allemands avaient tué des combattants du maquis, et donné ordre au maire de les faire enterrer en secret, à l'aube. Il est d'usage, dans cette région, que chaque femme assiste aux obsèques de tout mort de son village en se tenant sur la tombe de sa propre famille. Nul ne connaissait ces morts, qui étaient des Alsaciens. Quand ils atteignirent le cimetière, portés par nos paysans sous la garde menaçante des mitraillettes allemandes, la nuit qui se retirait comme la mer laissa paraître les femmes noires de Corrèze, immobiles du haut en bas de la montagne, et attendant en silence, chacune sur la tombe des siens, l'ensevelissement des morts français. Ce sentiment qui appelle la légende sans lequel la Résistance n'eut jamais existé et qui nous réunit aujourd'hui c'est peut-être simplement l'accent invincible de la fraternité.

Comment organiser cette fraternité pour en faire un combat ? On sait ce que Jean Moulin pensait de la Résistance, au moment où il partit pour Londres : « Il serait fou et criminel de ne pas utiliser, en cas d'action alliée sur le continent, ces troupes prêtes aux sacrifices les plus grands, éparses et anarchiques aujourd'hui, mais pouvant constituer demain une armée cohérente de parachutistes déjà en place, connaissant les lieux, ayant choisi leur adversaire et déterminé leur objectif. » C'était bien l'opinion du général de Gaulle. Néanmoins, lorsque, le 1er janvier 1942, Jean Moulin fut parachuté en France, la Résistance n'était encore qu'un désordre de courage : une presse clandestine, une source d'informations, une conspiration pour rassembler ces troupes qui n'existaient pas encore. Or, ces informations étaient destinées à tel ou tel allié, ces troupes se lèveraient lorsque les Alliés débarqueraient. Certes, les résistants étaient des combattants fidèles aux Alliés. Mais ils voulaient cesser d'être des Français résistants, et devenir la Résistance française.

C'est pourquoi Jean Moulin est allé à Londres. Pas seulement parce que s'y

trouvaient des combattants français (qui eussent pu n'être qu'une légion), pas seulement parce qu'une partie de l'empire avait rallié la France libre. S'il venait demander au général de Gaulle de l'argent et des armes, il venait aussi lui demander « une approbation morale, des liaisons fréquentes, rapides et sûres avec lui ». Le Général assumait alors le Non du premier jour ; le maintien du combat, quel qu'en fût le lieu, quelle qu'en fût la forme ; enfin, le destin de la France. La force des appels de juin 40 tenait moins aux « forces immenses qui n'avaient pas encore donné », qu'à : « Il faut que la France soit présente à la victoire. Alors, elle retrouvera sa liberté et sa grandeur. » La France, et non telle légion de combattants français. C'était par la France libre que les résistants de Bir Hakeim se conjuguaient, formaient une France combattante restée au combat. Chaque groupe de résistants pouvait se légitimer par l'allié qui l'armait et le soutenait, voire par son seul courage ; le général de Gaulle seul pouvait appeler les mouvements de Résistance à l'union entre eux et avec tous les autres combats, car c'était à travers lui seul que

la France livrait un seul combat. C'est pourquoi – même lorsque le président Roosevelt croira assister à une rivalité de généraux ou de partis – l'armée d'Afrique, depuis la Provence jusqu'aux Vosges, combattra au nom du gaullisme comme feront les troupes du Parti communiste. C'est pourquoi Jean Moulin avait emporté, dans le double fond d'une boîte d'allumettes, la microphoto du très simple ordre suivant : « M. Moulin a pour mission de réaliser, dans la zone non directement occupée de la métropole, l'unité d'action de tous les éléments qui résistent à l'ennemi et à ses collaborateurs. » Inépuisablement, il montre aux chefs des groupements le danger qu'entraîne le déchirement de la Résistance entre des tuteurs différents. Chaque événement capital – entrée en guerre de la Russie, puis des États-Unis, débarquement en Afrique du Nord – renforce sa position. À partir du débarquement, il devient évident que la France va redevenir un théâtre d'opérations. Mais la presse clandestine, les renseignements (même enrichis par l'action du noyautage des administrations publiques) sont à l'échelle de l'Occupation, non de la guerre.

Si la Résistance sait qu'elle ne délivrera pas la France sans les Alliés, elle n'ignore plus l'aide militaire que son unité pourrait leur apporter. Elle a peu à peu appris que s'il est relativement facile de faire sauter un pont, il n'est pas moins facile de le réparer ; alors que s'il est facile à la Résistance de faire sauter deux cents ponts, il est difficile aux Allemands de les réparer à la fois. En un mot, elle sait qu'une aide efficace aux armées de débarquement est inséparable d'un plan d'ensemble. Il faut que sur toutes les routes, sur toutes les voies ferrées de France, les combattants clandestins désorganisent méthodiquement la concentration des divisions cuirassées allemandes. Et un tel plan d'ensemble ne peut être conçu, et exécuté, que par l'unité de la Résistance.

C'est à quoi Jean Moulin s'emploie jour après jour, peine après peine, un mouvement de Résistance après l'autre : « Et maintenant, essayons de calmer les colères d'en face... » Il y a, inévitablement, des problèmes de personnes ; et bien davantage, la misère de la France combattante, l'exaspérante certitude pour chaque maquis ou chaque groupe franc, d'être spolié au

bénéfice d'un autre maquis ou d'un autre groupe, qu'indignent, au même moment, les mêmes illusions... Qui donc sait encore ce qu'il fallut d'acharnement pour parler le même langage à des instituteurs radicaux ou réactionnaires, des officiers réactionnaires ou libéraux, des trotskistes ou communistes de retour de Moscou, tous promis à la même délivrance ou à la même prison ; ce qu'il fallut de rigueur à un ami de la République espagnole, à un ancien « préfet radical », chassé par Vichy, pour exiger d'accueillir dans le combat commun tels rescapés de la Cagoule !

Jean Moulin n'a nul besoin d'une gloire usurpée : ce n'est pas lui qui a créé *Combat*, *Libération*, *Franc-Tireur*, c'est Frenay, d'Astier, Jean-Pierre Lévy. Ce n'est pas lui qui a créé les nombreux mouvements de la zone Nord dont l'histoire recueillera tous les noms. Ce n'est pas lui qui a fait les régiments mais c'est lui qui a fait l'armée. Il a été le Carnot de la Résistance.

Attribuer peu d'importance aux opinions dites politiques, lorsque la nation est en péril de mort – la nation, non pas un nationalisme alors écrasé sous les chars hitlériens, mais la donnée invincible et

mystérieuse qui allait emplir le siècle ; penser qu'elle dominerait bientôt les doctrines totalitaires dont retentissait l'Europe ; voir dans l'unité de la Résistance le moyen capital du combat pour l'unité de la nation, c'était peut-être affirmer ce qu'on a, depuis, appelé le gaullisme. C'était certainement proclamer la survie de la France.

En février, ce laïc passionné avait établi sa liaison par radio avec Londres, dans le grenier d'un presbytère. En avril, le Service d'information et de propagande, puis le Comité général d'études étaient formés ; en septembre, le noyautage des administrations publiques. Enfin, le général de Gaulle décidait la création d'un Comité de coordination que présiderait Jean Moulin, assisté du chef de l'Armée secrète unifiée. La préhistoire avait pris fin. Coordonnateur de la Résistance en zone Sud, Jean Moulin en devenait le chef. En janvier 1943, le Comité directeur des Mouvements unis de la Résistance (ce que, jusqu'à la Libération, nous appellerions les Murs) était créé sous sa présidence. En février, il repartait pour Londres avec le général Delestraint, chef de l'Armée secrète, et Jacques Dalsace. De ce séjour,

le témoignage le plus émouvant a été donné par le colonel Passy. « Je revois Moulin, blême, saisi par l'émotion qui nous étreignait tous, se tenant à quelques pas devant le Général et celui-ci disant, presque à voix basse : "Mettez-vous au garde-à-vous", puis : "Nous vous reconnaissons comme notre compagnon, pour la libération de la France, dans l'honneur et par la victoire." Et pendant que de Gaulle lui donnait l'accolade, une larme, lourde de reconnaissance, de fierté, et de farouche volonté, coulait doucement le long de la joue pâle de notre camarade Moulin. Comme il avait la tête levée, nous pouvions voir encore, au travers de sa gorge, les traces du coup de rasoir qu'il s'était donné, en 40, pour éviter de céder sous les tortures de l'ennemi. » Les tortures de l'ennemi... En mars, chargé de constituer et de présider le Conseil national de la Résistance, Jean Moulin monte dans l'avion qui va le parachuter au nord de Roanne.

Ce Conseil national de la Résistance, qui groupe les mouvements, les partis et les syndicats de toute la France, c'est l'unité précairement conquise, mais aussi la certitude qu'au jour du débarquement,

l'armée en haillons de la Résistance attendra les divisions blindées de la Libération.

Jean Moulin en retrouve les membres, qu'il rassemblera si difficilement. Il retrouve aussi une Résistance tragiquement transformée. Celle là, elle avait combattu comme une armée, en face de la victoire, de la mort ou de la captivité. Elle commence à découvrir l'univers concentrationnaire, la certitude de la torture. Désormais elle va combattre en face de l'enfer. Ayant reçu un rapport sur les camps de concentration, il dit : « J'espère qu'ils nous fusilleront avant. » Ils ne devaient pas avoir besoin de le fusiller.

La Résistance grandit, les réfractaires du travail obligatoire vont bientôt emplir nos maquis ; la Gestapo grandit aussi, la Milice est partout. C'est le temps où, dans la campagne, nous interrogeons les aboiements des chiens au fond de la nuit ; le temps où les parachutes multicolores, chargés d'armes et de cigarettes, tombent du ciel dans la lueur des feux des clairières ou des causses ; c'est le temps des caves, et de ces cris désespérés que poussent les torturés avec des voix d'enfants… La grande lutte des ténèbres a commencé.

Le 27 mai 1943, a lieu à Paris, rue du Four, la première réunion du CNR.

Jean Moulin rappelle les buts de la France libre : « Faire la guerre ; rendre la parole au peuple français ; rétablir les libertés républicaines ; travailler avec les Alliés à l'établissement d'une collaboration internationale. »

Puis il donne lecture d'un message du général de Gaulle, qui fixe pour premier but au premier Conseil de la Résistance le maintien de l'unité de cette Résistance qu'il représente.

Au péril quotidien de la vie de chacun de ses membres. Le 9 juin, le général Delestraint, chef de l'Armée secrète enfin unifiée, est pris à Paris.

Aucun successeur ne s'impose. Ce qui est fréquent dans la clandestinité : Jean Moulin aura dit maintes fois avant l'arrivée de Serreules : « Si j'étais pris, je n'aurais pas même eu le temps de mettre un adjoint au courant… » Il veut donc désigner ce successeur avec l'accord des mouvements, notamment de ceux de la zone Sud. Il rencontrera leurs délégués le 21, à Caluire.

Ils l'y attendent, en effet.

La Gestapo aussi.

La trahison joue son rôle – et le destin, qui veut qu'aux trois quarts d'heure de retard de Jean Moulin, presque toujours ponctuel, corresponde un long retard de la police allemande. Assez vite, celle-ci apprend qu'elle tient le chef de la Résistance.

En vain. Le jour où, au fort Montluc à Lyon, après l'avoir fait torturer, l'agent de la Gestapo lui tend de quoi écrire puisqu'il ne peut plus parler, Jean Moulin dessine la caricature de son bourreau. Pour la terrible suite, écoutons seulement les mots si simples de sa sœur : « Son rôle est joué, et son calvaire commence. Bafoué, sauvagement frappé, la tête en sang, les organes éclatés, il atteint les limites de la souffrance humaine sans jamais trahir un seul secret, lui qui les savait tous. »

Comprenons bien que, pendant les quelques jours où il pourrait encore parler ou écrire, le destin de la Résistance est suspendu au courage de cet homme. Comme le dit Mademoiselle Moulin, il savait tout.

Georges Bidault prendra sa succession. Mais voici la victoire de ce silence atro-

cement payé : le destin bascule. Chef de la Résistance martyrisé dans des caves hideuses, regarde de tes yeux disparus toutes ces femmes noires qui veillent nos compagnons : elles portent le deuil de la France, et le tien. Regarde glisser sous les chênes nains du Quercy, avec un drapeau fait de mousselines nouées, les maquis que la Gestapo ne trouvera jamais parce qu'elle ne croit qu'aux grands arbres. Regarde le prisonnier qui entre dans une villa luxueuse et se demande pourquoi on lui donne une salle de bains – il n'a pas encore entendu parler de la baignoire. Pauvre roi supplicié des ombres, regarde ton peuple d'ombres se lever dans la nuit de juin constellée de tortures.

Voici le fracas des chars allemands qui remontent vers la Normandie à travers les longues plaintes des bestiaux réveillés : grâce à toi, les chars n'arriveront pas à temps. Et quand la trouée des Alliés commence, regarde, préfet, surgir dans toutes les villes de France les commissaires de la République – sauf lorsqu'on les a tués. Tu as envié, comme nous, les clochards épiques de Leclerc : regarde, combattant, tes clochards sortir à quatre pattes de

leurs maquis de chênes, et arrêter avec leurs mains paysannes formées aux bazookas l'une des premières divisions cuirassées de l'empire hitlérien, la division *Das Reich*.

Comme Leclerc entra aux Invalides, avec son cortège d'exaltation dans le soleil d'Afrique, entre ici, Jean Moulin, avec ton terrible cortège. Avec ceux qui sont morts dans les caves sans avoir parlé, comme toi ; et même, ce qui est peut-être plus atroce, en ayant parlé ; avec tous les rayés et tous les tondus des camps de concentration, avec le dernier corps trébuchant des affreuses files de Nuit et Brouillard, enfin tombé sous les crosses ; avec les huit mille Françaises qui ne sont pas revenues des bagnes, avec la dernière femme morte à Ravensbrück pour avoir donné asile à l'un des nôtres. Entre, avec le peuple né de l'ombre et disparu avec elle – nos frères dans l'ordre de la Nuit… Commémorant l'anniversaire de la libération de Paris, je disais : « Écoute ce soir, jeunesse de mon pays, ces cloches d'anniversaire qui sonneront comme celles d'il y a quatorze ans. Puisses-tu, cette fois, les entendre : elles vont sonner pour toi. »

L'hommage d'aujourd'hui n'appelle que le chant qui va s'élever maintenant, ce *Chant des partisans* que j'ai entendu murmurer comme un chant de complicité, puis psalmodier dans le brouillard des Vosges et les bois d'Alsace, mêlé au cri perdu des moutons des tabors, quand les bazookas de Corrèze avançaient à la rencontre des chars de Rundstedt lancés de nouveau contre Strasbourg. Écoute aujourd'hui, jeunesse de France, ce qui fut pour nous le chant du malheur. C'est la marche funèbre des cendres que voici. À côté de celles de Carnot avec les soldats de l'an II, de celles de Victor Hugo avec *Les Misérables*, de celles de Jaurès veillées par la Justice, qu'elles reposent avec leur long cortège d'ombres défigurées. Aujourd'hui, jeunesse, puisses-tu penser à cet homme comme tu aurais approché tes mains de sa pauvre face informe du dernier jour, de ses lèvres qui n'avaient pas parlé ; ce jour-là, elle était le visage de la France…

Chronologie*

20 juin 1899 : Naissance de Jean Moulin à Béziers, au sein d'une famille de militants radicaux-socialistes.

3 novembre 1901 : Naissance à Paris d'André Malraux.

1914-1918 : *Première Guerre mondiale.*

1923-1924 : Malraux part pour le Cambodge. Accusé d'avoir dérobé des statues dans un temple khmer, il est condamné à trois ans de prison ferme. La peine sera réduite puis il bénéficiera d'un sursis.

Février 1925 : Nouveau séjour en Indochine et engagement anticolonialiste.

1933 : *En Allemagne, Hitler devient chancelier.* Publication de *La Condition humaine*, André Malraux obtient le prix Goncourt.

Février 1936 : *En Espagne, la liste du Front populaire gagne les élections législatives.*

Juillet 1936 : *Coup d'État militaire contre la République espagnole. La guerre civile commence, elle durera 30 mois.*

---

* Les événements historiques sont présentés en italiques.

Août 1936 : Malraux organise et prend le commandement d'une escadrille internationale pour combattre le franquisme. Jean Moulin est au cabinet du ministre de l'Air, Pierre Cot, il participe au réseau de livraisons clandestines d'armement aérien à la République espagnole.

1939 : Jean Moulin est préfet d'Eure-et-Loir.

17-18 juin 1940 : Il refuse d'avaliser un texte raciste et mensonger du commandement militaire allemand à l'égard des troupes coloniales françaises. Il tente de se suicider. Cinq mois plus tard, il est révoqué de l'administration préfectorale par le maréchal Pétain.

9 septembre 1941 : Il quitte la France pour l'Angleterre où il rencontre le général de Gaulle en octobre.

2 janvier 1942 : Parachuté en France il est chargé, par le général de Gaulle, de coordonner l'action des mouvements de Résistance.

8 novembre 1942 : *Débarquement américain en Afrique du Nord.*

27 mai 1943 : *Première réunion du Conseil de la Résistance, futur Conseil national de la Résistance (CNR).*

21 juin 1943 : Arrestation de Jean Moulin par la Gestapo. Torturé, il meurt pendant son transfert vers l'Allemagne, officiellement le 8 juillet.

Mars 1944 : Malraux s'engage dans la Résistance en Corrèze, sous le nom de colonel Berger. Puis il prend le commandement de la brigade Alsace-Lorraine qui est engagée dans la bataille des Vosges.

1945 : Il rencontre le général de Gaulle, devient son porte-parole, puis son ministre de l'Information.

1947 : Création du Rassemblement du peuple français (RPF) par le général de Gaulle. Malraux y dirige le service de presse et de propagande.

1er juin 1958 : Il est nommé ministre de l'Information dans le gouvernement de Gaulle qui prépare la création de la Ve République. En 1959, il devient ministrc d'État chargé des Affaires culturelles.

19 décembre 1964 : *Transfert des cendres de Jean Moulin au Panthéon.*

1969 : Après la démission du général de Gaulle, Malraux abandonne ses fonctions ministérielles.

23 novembre 1976 : Mort d'André Malraux.

« Vous ne serez pas morts en vain ! »

Appels de Thomas Mann sur les ondes de la BBC, mars 1941 et juin 1943

Au cours de l'automne 1940, la BBC demande à Thomas Mann de s'adresser à ses compatriotes allemands sous forme de courtes allocutions. Il s'agissait, explique l'écrivain, de « tenter d'agir sur le public allemand dans le sens de mes convictions maintes fois exprimées ». Des chroniques d'autant plus importantes que la BBC déjoue au mieux les brouillages et ses émissions peuvent donc être captées en Allemagne.

Établi aux États-Unis, Thomas Mann câble ses textes à Londres qui sont ensuite lus à l'antenne par un présentateur anonyme. Plus tard, il enregistrera sa chronique directement à Los Angeles sur un disque. Transmis à New York, le son est ensuite envoyé par téléphone à Londres pour y être gravé. Les Allemands peuvent alors entendre non seulement le message mais également la voix du célèbre écrivain.

Son appel du 23 juin 1943 fait référence aux jeunes Allemands qui, à Munich, avaient formé un petit groupe de résistance dit de la « Rose blanche ». Arrêtés le 18 février 1943, ils avaient été jugés le 22, à 10 heures ; condamnés à 13 h 30 et décapités à la hache à 17 heures.

Die Rede von Thomas Mann

März 1941

Deutsche Hörer!

Was ich euch aus der Ferne zu sagen hatte, das haben andere Münder euch bisher überliefert. Diesmal hört ihr meine eigene Stimme.

Es ist die Stimme eines Freundes, eine deutsche Stimme; die Stimme eines Deutschland, das der Welt ein anderes Gesicht zeigte und wieder zeigen wird als die scheußliche Medusen-Maske, die der Hitlerismus ihm aufgeprägt hat. Es ist eine warnende *Stimme – euch zu warnen ist der einzige Dienst, den ein Deutscher wie ich euch heute erweisen kann; und ich erfülle diese ernste und tief gefühlte Pflicht, obgleich ich weiß, daß keine Warnung an euch ergehen kann, die euch nicht längst vertraut, nicht längst in eurem eigenen, im Grunde nicht zu betrügenden Wissen und Gewissen lebendig wäre. Euch*

Discours de Thomas Mann

Mars 1941

Ce que, de loin, j'avais à vous dire, d'autres bouches jusqu'ici vous l'ont transmis. Aujourd'hui vous entendez ma propre voix.

C'est la voix d'un ami, une voix allemande ; la voix d'une Allemagne qui montra et qui montrera de nouveau au monde un autre visage que le masque hideux de Méduse dont l'hitlérisme l'a revêtue. C'est une voix qui vous *avertit*... ; vous avertir est l'unique service qu'un Allemand, tel que moi, puisse vous rendre aujourd'hui ; et je m'acquitte de ce devoir, dont je ressens profondément la gravité, bien que je sache qu'aucun avertissement ne puisse vous atteindre, qui ne vous soit depuis longtemps familier, qui ne soit depuis longtemps vivant en votre âme et

warnen heißt : euch in euren eigenen schlimmen Ahnungen bestärken ; es heißt : euch versichern, daß diese unheilvollen Ahnungen wahr, *daß sie nur zu gerechtfertigt sind – und diese Versicherung muß man euch geben ; denn an die Erweckung allein eures Gefühles dafür, daß ihr fürchterlich falsche Wege geht, knüpft sich die Hoffnung, ihr könntet diese Wege vielleicht doch noch verlassen.*

Die im letzten und tiefsten Sinne des Wortes schlechten *Menschen, die euch führen, wissen wohl, daß euch übel zu Mute bleibt bei allen Siegen, daß ihr dem Blendwerk dieser Siege mißtraut, und daß euch vor der unmöglichen, undurchführbaren Sklavenhalter-Rolle graut, die sie euch zumuten. Sie wissen, daß ihr euch nach Frieden, nach einem anständigen Zusammenleben mit den anderen Völkern der Erde, nach dem Ende des schauerlich unabsehbaren Abenteuers des Hitler-Krieges sehnt, und darum suchen sie*

en votre conscience, qu'on ne saurait tromper en leur tréfonds. Vous avertir, cela veut dire : vous confirmer dans vos mauvais pressentiments ; vous donner l'assurance que ces funestes pressentiments sont *vrais*, qu'ils ne sont que trop justifiés… ; et cette assurance, il faut qu'on vous la donne ; car au seul fait d'éveiller en vous le sentiment que vous faites fausse route, épouvantablement, s'attache l'espoir que vous pourrez peut-être quand même encore l'abandonner.

Les *mauvaises* gens – au sens dernier et profond du terme – qui vous conduisent savent bien que toutes ces victoires vous laissent mal à l'aise, que vous vous défiez de ce qu'il y a d'illusoire en elles et que vous avez horreur du rôle impossible et irréalisable de négrier qu'ils prétendent vous faire jouer. Ils savent que vous avez un désir nostalgique de paix, le désir de vivre honnêtement dans la communauté des autres peuples de la terre et de voir s'achever l'aventure de la guerre hitlérienne, dont l'immensité fait frémir. C'est pour cette raison qu'ils cherchent, de toutes leurs forces, à élever votre moral à l'aide des succès que leur rapportent encore

mit allen Kräften Stimmungs-Kapital zu schlagen aus den Erfolgen, die ihre Verbrechen ihnen noch einbringen und die nichts weiter als neue hoffnungslose Verbrechen sind – wie eben jetzt die Unterwerfung Bulgariens. « Die Macht der Idee und der Waffen », muß eure Presse prahlen, « ist im Begriffe, den letzten Widerstand gegen die neue Ordnung hinwegzufegen. » – Der Waffen namentlich ; denn was ist die Idee ? Die Idee ist Gewalt und Niedertracht, und es fehlt viel, daß der letzte Widerstand gegen sie und die unerträgliche Entehrung der Menschheit durch ihren universellen Triumph gebrochen wäre. Der Widerstand ist lebendig, ist aufrecht, ist mächtig, zäh und unbeugsam. Er heißt England ; und England ist eine Welt. Amerika ist eine andere ; und in immer wachsendem Maß werden Amerikas gewaltige Hilfsquellen den Engländern in ihrem Freiheitskampf zur Verfügung stehen – einfach, weil dieses Land sich nun vollkommen im Klaren darüber ist, daß es sein *Kampf, auch seiner ist, den England führt. Habt ihr erfahren, daß die sogenannte lend-lease bill, das*

leurs crimes, et qui ne sont autre chose que de nouveaux crimes commis par désespoir…, tels que vient de l'être, à présent, la soumission de la Bulgarie. « La puissance de l'idée et des armes », ainsi que votre presse doit probablement le déclarer, pleine de jactance, « est sur le point de balayer la dernière résistance qui s'oppose à l'Ordre nouveau. » Des armes tout particulièrement ; car qu'est-ce que cette idée ? Elle est violence et vilenie, et il s'en faut de beaucoup pour que soit brisée l'ultime résistance qui s'oppose à elle et au déshonneur intolérable que ferait subir à l'humanité son triomphe universel. La résistance est vivante, elle a la tête haute, elle est puissante, opiniâtre et inflexible. Elle a nom l'Angleterre ; et l'Angleterre est un monde. L'Amérique en est un autre ; et, dans une mesure sans cesse croissante, les ressources gigantesques de ce pays seront à la disposition des Anglais dans leur lutte pour la liberté… simplement parce que l'Amérique a maintenant pleinement conscience que cette lutte est la *sienne*, et que sienne est aussi celle que mène l'Angleterre. Avez-vous ouï dire que ce qu'on appelle le *Lend-Lease Bill*, la loi qui

Ermächtigungsgesetz zur umfassendsten Hilfeleistung für England, nun auch vom Senat der Vereinigten Staaten mit großer Mehrheit gebilligt worden ist ? Ihr seid im Kriege, nicht nur mit dem englischen Reich, ihr seid es in Tat und Wahrheit heute schon auch mit Amerika, und man braucht euch nicht zu sagen, ihr fühlt es selbst, daß eure Lage beängstigender und unmöglicher wird von Tag zu Tag. Was soll aus euch werden ? Unterliegt ihr, so sind aile Rachegeister der Welt gegen euch los für das, was ihr den Menschen, den Völkern angetan habt. Siegt ihr, bricht England zusammen, gewinnt ihr auch den Krieg der Kontinente, schlagt ihr den Westen und Osten – glaubt irgend jemand von euch, daß das ein haltbarer, Ordnung schaffender Sieg wäre, erträglich für euch und die anderen, ein Sieg, mit dem sich leben ließe ? Kann denn ein Volk leben als Büttel aller anderen, mit Polizeiarmeen überall im unterworfenen Erdenrund, welches der Herren – und Gewaltrasse fronen muß ? Ist denn das eine seelische Möglichkeit für irgend ein Volk und für euch Deutsche besonders ? Man

autorise à prêter à l'Angleterre l'assistance la plus large, a été approuvée à une grande majorité par le Sénat des États-Unis, lui aussi ? Vous êtes en guerre non seulement avec l'Empire britannique, vous l'êtes, en fait et en vérité, dès aujourd'hui, aussi avec l'Amérique et point n'est besoin de vous le dire, vous le sentez vous-mêmes, votre situation devient, de jour en jour, plus angoissante et précaire. Qu'adviendra-t-il de vous ? Si vous avez le dessous, tous les démons de la vengeance qui sont au monde se déchaîneront contre vous pour tout ce que vous avez fait aux hommes et aux peuples. Si vous triomphez, si l'Angleterre s'écroule, si même vous gagnez la guerre des continents, si vous défaites l'Ouest et l'Est…, qui d'entre vous peut croire que ce soit là une victoire durable, créant un ordre supportable pour vous et pour les autres, une victoire compatible avec la vie ? Peut-il se faire qu'un peuple vive comme sbire de tous les autres, avec des armées policières sur toute l'étendue du globe asservi qui devrait payer tribut à la race des maîtres et des potentats ? Y a-t-il là une possibilité d'épanouissement spirituel pour un peuple quelconque et

mag über Geschichte und Menschheit so trübe und skeptisch denken wie man will ; daß aber die Welt den Endsieg des Bösen anerkennen, daß sie es ertragen würde, zu einem einzigen Gestapo-Keller, einem einzigen Konzentrationslager gemacht zu werden, worin ihr Deutsche die SA-Wache abgäbet – das kann auch der Ungläubigste nicht glauben.

Den Widerstand Englands, den Beistand, den Amerika ihm leiht, brandmarken eure Führer als « Kriegsverlängerung ». Sie verlangen « Frieden ». Sie, die vom Blute des eigenen Volkes und anderer Völker triefen, wagen es, dieses Wort in den Mund zu nehmen. Friede – damit meinen sie : Unterwerfung, die Legalisierung ihrer Verbrechen, die Hinnahme des menschlich Unerträglichen. Aber das ist nicht möglich. Mit einem Hitler gibt es keinen Frieden, weil er des Friedens von Grund aus unfähig, und weil dieses Wort in seinem Munde nur eine schmutzige, krankhafte Lüge ist – wie noch jedes Wort es war, das er je gab und sprach. Solange Hitler

pour vous autres, Allemands, en particulier ? On peut avoir de l'histoire et de l'humanité une opinion aussi sombre et aussi sceptique que l'on veut ; mais que le monde doive reconnaître la victoire finale du Mal, qu'il doive supporter d'être mué uniquement en une cave de la Gestapo, uniquement en un camp de concentration dont vous autres, Allemands, vous fourniriez la garde de S.A., cela, le plus incrédule lui-même ne peut le croire.

La résistance de l'Angleterre et l'assistance que lui prête l'Amérique, vos chefs les stigmatisent en disant qu'elles « prolongent la guerre ». Ils exigent la « paix ». Eux, qui ruissellent du sang de leur propre peuple et des autres nations, ils ont le front de prononcer ce mot. La paix..., par là ils veulent dire : asservissement, légalisation de leurs crimes, acceptation de ce qui est humainement intolérable. Or ce n'est pas possible. Avec Hitler il ne saurait y avoir de paix parce qu'il est foncièrement ennemi de la paix et que ce mot, dans sa bouche, n'est qu'un mensonge obscène, malsain... comme l'a été toute parole qu'il a jamais donnée et prononcée. Tant que Hitler et son régime

und sein Brandstifter-Regime bestehen, werdet ihr Deutsche keinen Frieden haben, nie, unter keinen Umständen. Immer wird es weitergehen müssen, wie jetzt, mit den trostlosen Gewalttaten, sei es auch nur, um die Rachegeister zu bannen, sei es nur, damit der riesengroß heranwachsende Haß euch nicht verschlinge.

Euch warnen, Deutsche, heißt, euch in euren eigenen schlimmen Ahnungen bestärken. Ich kann nicht mehr tun.

[27 Juni 1943]

[Deutsche Hörer !]

Wir Europäer, selbst wenn wir im Begriff sind, die Bürgerpapiere der Neuen Welt zu nehmen, wollen stolz sein auf unser altes Europa. Es ist ein bewunderungswürdiger Erdteil ! Wieviel leichter, bequemer hätten seine Völker es haben können, wenn sie Hitlers infame « Neue Ordnung » hingenommen, sich in die Sklaverei ergeben, mit Nazi-Deutschland, wie man es nennt, kollaboriert hätten. Sie haben es nicht getan.

Jahre, voll von brutalstem Terror, von Marter und Hinrichtungen, haben nicht genügt, ihren Widerstandswillen zu brechen.

d'incendiaires dureront, vous autres, Allemands, vous n'aurez point de paix, jamais, à aucun prix. L'enchaînement de vos actes navrants se poursuivra de toute nécessité comme à présent, ne serait-ce que pour conjurer les démons de la vengeance, ou pour que la haine qui grandit dans des proportions gigantesques ne vous engloutisse pas.

Vous avertir, Allemands, cela veut dire vous confirmer dans vos mauvais pressentiments. Je ne puis faire davantage.

[27 juin 1943]

Nous autres, Européens, lors même que nous sommes sur le point de prendre l'état civil du Nouveau Monde, nous entendons être fiers de notre vieille Europe. C'est un continent admirable. Combien il eût été plus facile, plus commode pour ses peuples d'adhérer à l'infâme « Ordre nouveau » de Hitler, de se laisser réduire en esclavage et, comme l'on dit, de « collaborer » avec l'Allemagne nazie. Ils ne l'ont pas fait.

Des années, où régnèrent la terreur la plus brutale, les martyres et les exécutions, n'ont pas suffi pour briser leur volonté de

Im Gegenteil, sie haben ihn nur stärker gemacht, und das von Hitler « geeinigte Europa, das zur Verteidigung seiner heiligsten Güter gegen die Invasion der Fremden zusammensteht », ist die erbärmlichste aller Nazi-Lügen. Die Fremden, gegen die es die heiligsten Güter zu verteidigen gilt, das sind sie, die Nazis, und sonst niemand. Nur eine dünne, korrupte Oberschicht, Verräterpack, dem nichts heilig ist als Geld und Vorteil, arbeitet mit ihnen zusammen. Die Völker weigern sich dessen, und je deutlicher sich der Sieg der Alliierten abzeichnet, desto mehr gewinnt, selbstverständlich, ihre Auflehnung gegen das Unerträgliche an Zuversicht.

Sieben Millionen Menschen sind zur Zwangsarbeit deportiert, fast eine Million sind exekutiert oder ermordet worden, und Zehntausende hält die Hölle der Konzentrationslager. Es hilft nichts – der ungleiche, heroische Kampf geht weiter.

Wißt ihr Deutschen, daß von euren und den italienischen Truppen in den okkupierten Ländern gut und gern einhundertfünfzigtausend ums Leben gekommen sind ? Wißt ihr,

résistance. Au contraire, elles n'ont fait que la renforcer, et « l'Europe unifiée par Hitler, rassemblée pour défendre ses biens les plus sacrés contre l'invasion étrangère » est le plus pitoyable de tous les mensonges nazis. Les étrangers, contre lesquels il s'agit de défendre les biens les plus sacrés, ce sont eux, les nazis, et personne d'autre. Seule une couche mince et corrompue de la population, canaille traîtresse, pour qui rien n'est sacré, si ce n'est l'argent et le profit, collabore avec eux. Les peuples s'y refusent et, plus la victoire des Alliés devient évidente, plus leur révolte contre ce qui est intolérable gagne, tout naturellement, en assurance. Sept millions d'hommes ont été déportés aux travaux forcés, près d'un million a été exécuté ou assassiné et des dizaines de milliers sont retenus dans l'enfer des camps de concentration. C'est en vain ; la lutte inégale, héroïque continue.

Allemands, savez-vous que, de vos troupes et des troupes italiennes, 150 000 hommes ont, bel et bien, perdu la vie dans les pays occupés, soit dans la guerre de guérilla, comme en Yougoslavie, en Grèce, en Pologne et en France, soit dans

daß mindestens zweihundertfünfzig Quislinge – das ist ja der Sammelname für die Eingeborenen, die den Nazis dienen – in den Ländern Europas ermordet worden sind? Durch Sabotage ist die Kriegsproduktion in der Achse in manchen Gegenden um dreißig Prozent gekürzt worden. Das ist das Werk der Untergrundorganisationen, die, namenlos, ruhmlos, überall ihr Leben daransetzen, um Gefangenen zur Flucht zu verhelfen, Kriegsmaterial zu zerstören und durch die Verbreitung illegaler Druckschriften den Geist des Widerstandes im Volk zu unterhalten – Zeitungen, deren Auflagen bisweilen in die Hunderttausende gehen.

Ich sage: Ehre den Völkern Europas! Und ich füge etwas hinzu, was im Augenblick manchem, der mich hört, befremdlich klingen mag: Ehre und Mitgefühl auch dem deutschen Volk! Die Lehre, daß man zwischen

des attentats, comme en Norvège, en Hollande, en Belgique et en Tchécoslovaquie ? Savez-vous que deux cent cinquante Quisling[1] au moins – c'est le nom générique donné aux autochtones qui servent les nazis – ont trouvé dans les pays d'Europe la mort qu'ils méritaient ? Dans maintes régions le sabotage a réduit de 30 % la production de guerre des nazis. Voilà l'œuvre des organisations clandestines, de tous ces hommes qui, anonymes et obscurs, risquent, partout, leur vie pour faciliter l'évasion de prisonniers, pour détruire du matériel de guerre et pour entretenir, dans le peuple, l'esprit de résistance, en diffusant des tracts illégaux…, et des journaux, édités, parfois, à des centaines de milliers d'exemplaires.

Je le déclare : honneur aux peuples d'Europe ! Et j'ajoute ceci qui, à l'heure actuelle, peut paraître surprenant à bon nombre de gens qui m'écoutent : honneur et sympathie au peuple allemand lui-même ! La théorie, d'après laquelle on ne

---

1. Référence à Vidkum Quisling, homme politique norvégien qui devint chef du gouvernement en 1942 après l'invasion allemande. Collaborateur notoire, fusillé en 1945, son nom est synonyme de « traître ».

ihm und dem Nazitum nicht unterscheiden dürfe, daß deutsch und nationalsozialistisch ein und dasselbe seien, wird in den Ländern der Alliierten zuweilen nicht ohne Geist vertreten ; aber sie ist unhaltbar und kann sich nicht durchsetzen. Zu viele Tatsachen sprechen dagegen : Deutschland hat sich gewehrt und fährt fort, sich zu wehren, so gut wie die anderen. Was sich jetzt in den unterjochten Ländern untergründig abspielt, ist ja mehr oder weniger eine Wiederholung dessen, was vorher seit zehn Jahren in Deutschland geschah, und nutzt zum Teil die Erfahrungen der deutschen Illegalen.

Wer nennt die Zahl derjenigen, die im Himmler-Staat ihren Idealismus, ihren unbeugsamen Glauben an Recht und Freiheit mit Marter und Tod bezahlt haben ? Bei Kriegsausbruch gab es in Deutschland zweihunderttausend politische Häftlinge, und in der deutschen Presse läuft die Veröffentlichung von Todesurteilen und verhängten Freiheitsstrafen wegen Hochverrats, Sabotage u. s. w. ununterbrochen weiter – wobei es sich doch nur um die Fälle handelt, deren man habhaft werden konnte und die man zugeben will. Das ist das hinter dem Führer geeinte Deutschland !

doit pas distinguer entre l'Allemagne et le nazisme et d'après laquelle être allemand et national-socialiste est tout un, existe parfois, non sans esprit, dans les pays alliés ; mais elle est insoutenable et ne l'emportera pas. Trop de réalités la contredisent. L'Allemagne s'est défendue, et continue de se défendre, aussi bien que les autres. L'action clandestine qui se déroule actuellement dans les pays asservis est, plus ou moins, la répétition de ce qui s'est passé, il y a dix ans, en Allemagne, et bénéficie, partiellement, des expériences faites par ceux qui y luttaient dans l'illégalité.

Qui indiquera le nombre de ceux qui, dans l'État de Himmler, ont payé de leurs martyres et de leur vie leur idéalisme, leur foi inébranlable à la Justice et à la Liberté ? Au début des hostilités, il y avait 200 000 prisonniers politiques en Allemagne, et la presse allemande publie, sans arrêt, des condamnations à mort et des peines de prison pour haute trahison, sabotage, etc., et, en l'occurrence, il ne s'agit que des cas où les auteurs ont pu être arrêtés, et qu'on veut bien avouer. Voilà ce qu'est l'Allemagne unie derrière le Führer !

In diesem Sommer wurde die Welt aufs tiefste bewegt von den Vorgängen an der Münchener Universität, wovon die Nachricht durch Schweizer und schwedische Blätter, erst ungenau, dann mit immer ergreifenderen Einzelheiten, zu uns gedrungen ist. Wir wissen nun von Hans Scholl, dem Überlebenden von Stalingrad, und seiner Schwester, von Christoph Probst, dem Professor Huber und all den andern; von dem österlichen Aufstande der Studenten gegen die obszöne Ansprache eines Nazi-Bonzen im Auditorium maximum, von ihrem Märtyrertod, von der Flugschrift, die sie verteilt haben und in der Worte stehen, die vieles gutmachen, was in gewissen unseligen Jahren an deutschen Universitäten gegen den Geist deutscher Freiheit gesündigt worden ist. Ja, sie war kummervoll, diese Anfälligkeit der deutschen Jugend – gerade der Jugend – für die nationalsozialistische Lügenrevolution. Jetzt sind ihre Augen geöffnet, und sie legen das junge Haupt auf den Block für ihre Erkenntnis und für Deutschlands Ehre

Le monde est, aujourd'hui, très profondément ému par les incidents qui se sont déroulés à l'université de Munich et dont la nouvelle nous a été transmise, tout d'abord sans précisions, puis avec des détails toujours plus saisissants, par les journaux suisses et suédois. Nous savons maintenant ce qu'il en a été de Hans Scholl, survivant de Stalingrad, et de sa sœur, d'Adrien Probst, du professeur Huber et de tous les autres. Nous connaissons l'émeute des étudiants qui s'élevèrent, à Pâques, contre l'allocution obscène d'un bonze nazi à l'*auditorium maximum*, leur mort en martyrs sous la hache. Nous connaissons les tracts qu'ils ont distribués et qui rapportent des paroles, compensant bien des choses, commises, au cours de certaines années funestes, contre les universités allemandes, et qui furent des péchés contre l'esprit allemand de liberté. Certes, elle nous a causé bien des soucis cette faiblesse de la jeunesse allemande – surtout de la jeunesse – à l'égard de la révolution mensongère du national-socialisme. À présent, leurs yeux se sont ouverts et ils mettent leur tête juvénile sur le billot, en témoignage de leur foi et pour l'honneur de l'Allemagne… ;

– legen ihn dorthin, nachdem sie vor Gericht dem Nazi-Präsidenten ins Gesicht gesagt : « Bald werden Sie hier stehen, wo ich jetzt stehe » ; nachdem sie im Angesicht des Todes bezeugt : « Ein neuer Glaube dämmert an Freiheit und Ehre ! »

Brave, herrliche junge Leute ! Ihr sollt nicht umsonst gestorben, sollt nicht vergessen sein. Die Nazis haben schmutzigen Rowdies, gemeinen Killern in Deutschland Denkmäler gesetzt – die deutsche Revolution, die wirkliche, wird sie niederreißen und an ihrer Stelle eure Namen verewigen, die ihr, als noch Nacht über Deutschland und Europa lag, wußtet und verkündetet : « Es dämmert ein neuer Glaube an Freiheit und Ehre ! »

ils l'y mettent après avoir déclaré, en plein visage, au président du tribunal nazi : « Bientôt, c'est vous qui serez là où je suis » ; après avoir affirmé, face à la mort : « Il naît une foi nouvelle, la foi en l'honneur et en la liberté. »

Courageux, magnifiques jeunes gens ! Vous ne serez pas morts en vain, vous ne serez pas oubliés. Les nazis ont élevé des monuments à de sordides apaches, à de vulgaires tueurs…, la révolution allemande, la vraie, les détruira et, à leur place, elle immortalisera vos noms, vous qui saviez et qui proclamiez, alors que la nuit couvrait encore l'Allemagne et l'Europe, qu'« il naît une foi nouvelle, la foi en l'honneur et en la liberté ».

Chronologie*

6 juin 1875 : Naissance à Lübeck. Il est le second fils du sénateur T. Johann Mann et de Julia da Silva-Bruhns, d'origine sud-américaine.

1893 : Débuts littéraires dans des revues d'étudiants.

1901 : Publication d'un premier roman, *Les Buddenbrook*.

1912 : Publication de *Mort à Venise* (*Der Tod in Venedig*).

1914-1918 : *Première Guerre mondiale.*

1924 : Publication de *La Montagne magique* (*Der Zauberberg*).

20 janvier 1926 : Premier voyage officiel en France.

12 novembre 1929 : Prix Nobel de littérature.

Mai 1931 : Première rencontre avec André Gide.

30 janvier 1933 : *Hitler devient chancelier du Reich.*

Février-mars 1933 : Thomas Mann séjourne à Arosa quand il apprend l'incendie du Reichstag. Il décide alors de ne pas rentrer en Allemagne. Début de l'exil : en Suisse, en Italie puis en France. Il séjourne également plusieurs fois aux États-Unis.

---

* Les événements historiques sont présentés en italiques.

1936 : Il exprime son soutien à ceux qui choisissent de quitter l'Allemagne pour fuir le nazisme. Il est déchu de sa nationalité.

Septembre 1938 : Après un court séjour en Suisse et à Paris, il choisit l'exil aux États-Unis.

Juin 1939 : Court séjour en Europe.

Septembre 1939 : *Les troupes de la Wehrmacht entrent en Pologne, la France et la Grande-Bretagne déclarent la guerre à l'Allemagne.* Thomas Mann retourne aux États-Unis.

1944 : Il obtient la nationalité américaine.

Juillet 1949 : Premier retour en Allemagne après une absence de seize ans.

1952 : Il quitte les États-Unis pour s'installer en Suisse près du lac de Zurich.

12 août 1955 : Mort à Kilchberg.

LES GRANDS DISCOURS

« Elles sont 300 000 chaque année »
Discours de SIMONE VEIL pour le droit à l'avortement, 26 novembre 1974
suivi de **« Accéder à la maternité volontaire »**
Discours de LUCIEN NEUWIRTH, 1er juillet 1967

« Lançons la liberté dans les colonies »
Discours de G. J. DANTON et L. DUFAY, 4 février 1794
suivi de **« La France est un arbre vivant »**
Discours de LÉOPOLD SÉDAR SENGHOR, 29 janvier 1957
et de **« La traite et l'esclavage sont un crime contre l'humanité »**
Discours de CHRISTIANE TAUBIRA-DELANNON, 18 février 1999

« I have a dream »
Discours de MARTIN LUTHER KING, 28 août 1963
suivi de **« La Nation et la race »**
Conférence d'ERNEST RENAN, 11 mars 1882
Édition bilingue

« Yes we can »
Discours de BARACK OBAMA, 8 janvier 2008
suivi de **« Nous surmonterons nos difficultés »**
Discours de FRANKLIN D. ROOSEVELT, 4 mars 1933
Édition bilingue

« Du sang, de la sueur et des larmes »
Discours de WINSTON CHURCHILL, 13 mai et 18 juin 1940
suivi de **« L'Appel du 18 juin »**
Discours du GÉNÉRAL DE GAULLE, 18 et 22 juin 1940
Édition bilingue

« Le mal ne se maintient que par la violence »
Discours du Mahatma Gandhi, 23 mars 1922
suivi de **« La vérité est la seule arme dont nous disposons »**
Discours du Dalaï Lama, 10 décembre 1989
Édition bilingue

« Demain vous voterez l'abolition de la peine de mort »
Discours de Robert Badinter, 17 septembre 1981
suivi de **« Je crois qu'il y a lieu de recourir à la peine exemplaire »**
Discours de Maurice Barrès, 3 juillet 1908

« La paix a ses chances »
Discours d'Itzhak Rabin, 4 novembre 1995
suivi de **« Nous proclamons la création d'un État juif »**
Discours de David Ben Gourion, 14 mai 1948
et de **« La Palestine est le pays natal du peuple palestinien »**
Discours de Yasser Arafat, 15 novembre 1988
Édition bilingue

« Une révolution des consciences »
Discours d'Aung San Suu Kyi, 9 juillet 1990
suivi de **« Appeler le peuple à la lutte ouverte »**
Discours de Léon Trotsky face à ses juges, 4 octobre 1906
Édition bilingue

« Le temps est venu »
Discours de Nelson Mandela, 10 mai 1994
suivi de **« Éveillez-vous à la liberté »**
Discours de Jawaharlal « Pandit » Nehru, 14 août 1947
Édition bilingue

RÉALISATION : NORD COMPO À VILLENEUVE-D'ASQ
IMPRESSION : CPI BRODARD ET TAUPIN À LA FLÈCHE
DÉPÔT LÉGAL : AVRIL 2010. N° 102277 (56561)
Imprimé en France

Collection Points

DERNIERS TITRES PARUS

P2240. Esclavage et Colonies, *G. J. Danton et L. P. Dufay, L. Sédar Senghor, C. Taubira*
P2242. Face à la crise, *B. Obama, F. D. Roosevelt*
P2243. Face à la guerre, *W. Churchill, général de Gaulle*
P2244. La Non-Violence, *Mahatma Gandhi, Dalaï Lama*
P2245. La Peine de mort, *R. Badinter, M. Barrès*
P2246. Avortement et Contraception, *S. Veil, L. Neuwirth*
P2247. Les Casseurs et l'Insécurité *F. Mitterrand et M. Rocard, N. Sarkozy*
P2248. La Mère de ma mère, *Vanessa Schneider*
P2249. De la vie dans son art, de l'art dans sa vie *Anny Duperey et Nina Vidrovitch*
P2250. Desproges en petits morceaux. Les meilleures citations *Pierre Desproges*
P2251. Dexter I, II, III, *Jeff Lindsay*
P2252. God's pocket, *Pete Dexter*
P2253. En effeuillant Baudelaire, *Ken Bruen*
P2254. Meurtres en bleu marine, *C.J. Box*
P2255. Le Dresseur d'insectes, *Arni Thorarinsson*
P2256. La Saison des massacres, *Giancarlo de Cataldo*
P2257. Évitez le divan
Petit guide à l'usage de ceux qui tiennent à leurs symptômes *Philippe Grimbert*
P2258. La Chambre de Mariana, *Aharon Appelfeld*
P2259. La Montagne en sucre, *Wallace Stegner*
P2260. Un jour de colère, *Arturo Pérez Reverte*
P2261. Le Roi transparent, *Rosa Montero*
P2262. Le Syndrome d'Ulysse, *Santiago Gamboa*
P2263. Catholique anonyme, *Thierry Bizot*
P2264. Le Jour et l'Heure, *Guy Bedos*
P2265. Le Parlement des fées
I. L'Orée des bois, *John Crowley*
P2266. Le Parlement des fées
II. L'Art de la mémoire, *John Crowley*
P2267. Best-of Sarko, *Plantu*
P2268. 99 Mots et Expressions à foutre à la poubelle *Jean-Loup Chiflet*
P2269. Le Baleinié. Dictionnaire des tracas *Christine Murillo, Jean-Claude Leguay, Grégoire Œstermann*
P2270. Couverture dangereuse, *Philippe Le Roy*

P2271. Quatre Jours avant Noël, *Donald Harstad*
P2272. Petite Bombe noire, *Christopher Brookmyre*
P2273. Journal d'une année noire, *J.M. Coetzee*
P2274. Faites vous-même votre malheur, *Paul Watzlawick*
P2275. Paysans, *Raymond Depardon*
P2276. Homicide special, *Miles Corwin*
P2277. Mort d'un Chinois à La Havane, *Leonardo Padura*
P2278. Le Radeau de pierre, *José Saramago*
P2279. Contre-jour, *Thomas Pynchon*
P2280. Trick Baby, *Iceberg Slim*
P2281. Perdre est une question de méthode, *Santiago Gamboa*
P2282. Le Rocher de Montmartre, *Joanne Harris*
P2283. L'Enfant du Jeudi noir, *Alejandro Jodorowsky*
P2284. Lui, *Patrick Besson*
P2285. Tarabas, *Joseph Roth*
P2286. Le Cycliste de San Cristobal, *Antonio Skármeta*
P2287. Récit des temps perdus, *Aris Fakinos*
P2288. L'Art délicat du deuil
Les nouvelles enquêtes du juge Ti (vol. 7)
Frédéric Lenormand
P2289. Ceux qu'on aime, *Steve Mosby*
P2290. Lemmer, l'invisible, *Deon Meyer*
P2291. Requiem pour une cité de verre, *Donna Leon*
P2292. La Fille du Samouraï, *Dominique Sylvain*
P2293. Le Bal des débris, *Thierry Jonquet*
P2294. Beltenebros, *Antonio Muñoz Molina*
P2295. Le Bison de la nuit, *Guillermo Arriaga*
P2296. Le Livre noir des serial killers, *Stéphane Bourgoin*
P2297. Une tombe accueillante, *Michael Koryta*
P2298. Roldán, ni mort ni vif, *Manuel Vásquez Montalbán*
P2299. Le Petit Frère, *Manuel Vásquez Montalbán*
P2300. Poussière d'os, *Simon Beckett*
P2301. Le Cerveau de Kennedy, *Henning Mankell*
P2302. Jusque-là… tout allait bien !, *Stéphane Guillon*
P2303. Une parfaite journée parfaite, *Martin Page*
P2304. Corps volatils, *Jakuta Alikavazovic*
P2305. De l'art de prendre la balle au bond
Précis de mécanique gestuelle et spirituelle
Denis Grozdanovitch
P2306. Regarde la vague, *François Emmanuel*
P2307. Des vents contraires, *Olivier Adam*
P2308. Le Septième Voile, *Juan Manuel de Prada*
P2309. Mots d'amour secrets.
100 lettres à décoder pour amants polissons
Jacques Perry-Salkow, Frédéric Schmitter

P2310. Carnets d'un vieil amoureux, *Marcel Mathiot*
P2311. L'Enfer de Matignon, *Raphaëlle Bacqué*
P2312. Un État dans l'État. Le contre-pouvoir maçonnique *Sophie Coignard*
P2313. Les Femelles, *Joyce Carol Oates*
P2314. Ce que je suis en réalité demeure inconnu, *Virginia Woolf*
P2315. Luz ou le temps sauvage, *Elsa Osorio*
P2316. Le Voyage des grands hommes, *François Vallejo*
P2317. Black Bazar, *Alain Mabanckou*
P2318. Les Crapauds-brousse, *Tierno Monénembo*
P2319. L'Anté-peuple, *Sony Labou Tansi*
P2320. Anthologie de poésie africaine. Six poètes d'Afrique francophone, *Alain Mabanckou (dir.)*
P2321. La Malédiction du lamantin, *Moussa Konaté*
P2322. Green Zone, *Rajiv Chandrasekaran*
P2323. L'Histoire d'un mariage, *Andrew Sean Greer*
P2324. Gentlemen, *Klas Östergren*
P2325. La Belle aux oranges, *Jostein Gaarder*
P2326. Bienvenue à Egypt Farm, *Rachel Cusk*
P2327. Plage de Manacorra, 16 h 30, *Philippe Jaenada*
P2328. La Vie d'un homme inconnu, *Andreï Makine*
P2329. L'Invité, *Hwang Sok-yong*
P2330. Petit Abécédaire de culture générale 40 mots-clés passés au microscope, *Albert Jacquard*
P2331. La Grande Histoire des codes secrets, *Laurent Joffrin*
P2332. La Fin de la folie, *Jorge Volpi*
P2333. Le Transfuge, *Robert Littell*
P2334. J'ai entendu pleurer la forêt, *Françoise Perriot*
P2335. Nos grand-mères savaient Petit dictionnaire des plantes qui guérissent, *Jean Palaiseul*
P2336. Journée d'un opritchnik, *Vladimir Sorokine*
P2337. Cette France qu'on oublie d'aimer, *Andreï Makine*
P2338. La Servante insoumise, *Jane Harris*
P2339. Le Vrai Canard, *Karl Laske, Laurent Valdiguié*
P2340. Vie de poète, *Robert Walser*
P2341. Sister Carrie, *Theodore Dreiser*
P2342. Le Fil du rasoir, *William Somerset Maugham*
P2343. Anthologie. Du rouge aux lèvres. Haïjin japonaises. Haïkus de poétesses japonaises du Moyen Age à nos jours
P2344. Poèmes choisis, *Marceline Desbordes-Valmore*
P2345. « Je souffre trop, je t'aime trop », Passions d'écrivains *sous la direction de Patrick et Olivier Poivre d'Arvor*
P2346. « Faut-il brûler ce livre ? », Écrivains en procès *sous la direction de Patrick et Olivier Poivre d'Arvor*
P2347. À ciel ouvert, *Nelly Arcan*

P2348. L'Hirondelle avant l'orage, *Robert Littell*
P2349. Fuck America, *Edgar Hilsenrath*
P2350. Départs anticipés, *Christopher Buckley*
P2351. Zelda, J*acques Tournier*
P2352. Anesthésie locale, *Günter Grass*
P2353. Les filles sont au café, *Geneviève Brisac*
P2354. Comédies en tout genre, *Jonathan Kellerman*
P2355. L'Athlète, *Knut Faldbakken*
P2356. Le Diable de Blind River, *Steve Hamilton*
P2357. Le doute m'habite. Textes choisis et interprétés par Christian Gonon, *Pierre Desproges*
P2358. La Lampe d'Aladino et autres histoires pour vaincre l'oubli *Luis Sepúlveda*
P2359. Julius Winsome, *Gerard Donovan*
P2360. Speed Queen, *Stewart O'Nan*
P2361. Dope, *Sara Gran*
P2362. De ma prison, *Taslima Nasreen*
P2363. Les Ghettos du Gotha. Au cœur de la grande bourgeoisie *Michel Pinçon et Monique Pinçon-Charlot*
P2364. Je dépasse mes peurs et mes angoisses *Christophe André et Muzo*
P2365. Afriques, *Raymond Depardon*
P2366. La Couleur du bonheur, *Wei-Wei*
P2367. La Solitude des nombres premiers, *Paolo Giordano*
P2368. Des histoires pour rien, *Lorrie Moore*
P2369. Déroutes, *Lorrie Moore*
P2370. Le Sang des Dalton, *Ron Hansen*
P2371. La Décimation, *Rick Bass*
P2372. La Rivière des Indiens, *Jeffrey Lent*
P2373. L'Agent indien, *Dan O'Brien*
P2375. Des héros ordinaires, *Eva Joly*
P2376. Le Grand Voyage de la vie. Un père raconte à son fils *Tiziano Terzani*
P2377. Naufrages, *Francisco Coloane*
P2378. Le Remède et le Poison, *Dirk Wittenbork*
P2379. Made in China, *J. M. Erre*
P2380. Joséphine, *Jean Rolin*
P2381. Un mort à l'Hôtel Koryo, *James Church*
P2382. Ciels de foudre, *C. J. Box*
P2383. Robin des bois, prince des voleurs, *Alexandre Dumas*
P2384. Comment parler le belge ?, *Philippe Genion*
P2385. Le Sottisier de l'école, *Philippe Mignaval*
P2388. L'Île du lézard vert, *Eduardo Manet*